Barbara Stanzeleit

Geschichten aus dem Urlaubsparadies

1955 - 1965

Copyright 2017 Barbara Stanzeleit

Alle Rechte vorbehalten

Für meine Geschwister in Erinnerung an viele gemeinsame Ferienzeiten

Für meine Kinder und Enkel

ein Einblick in die Kinderjahre ihrer Mutter und Oma

Inhaltsverzeichnis

S.4	Prolog	
S.11	Einführung	
S.14	Kapitel 1	Bahnfahrt nach Österreich
S.18	Kapitel 2	Barfußlaufen
S.22	Kapitel 3	Die Kirche
S.26	Kapitel 4	Der Friedhof
S.29	Kapitel 5	Schwammerl-Suchen
S.35	Kapitel 6	Hornissen und andere unerwünschte Insekten
S.38	Kapitel 7	Der geheimnisvolle Schuppen oder „Flocki"
S.43	Kapitel 8	Walther von der Vogelweide
S.47	Kapitel 9	Der Widerspenstigen Zähmung oder ein Ausflug nach Hochosterwitz
S.51	Kapitel 10	Fahrt mit dem Auto – Deutschlands schöne Kleinstädte
S.56	Kapitel 11	Gäste aus Wien
S.59	Kapitel 12	Ein Ausflug zur Villacher Alpe
S.64	Kapitel 13	Soloreise mit Hindernissen
S.71	Epilog	

Prolog

Im Sommer

Eine steile Straße führt das Tal hinauf auf den Berg, ganz oben eine Kirche, ein kleiner Kirchhof, und eng daran gebaut das Pfarrhaus. Mit seinen dicken Mauern grenzt es den Kirchhof ab, stützt ihn. Auf der anderen Seite öffnet sich das Haus mit Fenstern, Arkaden, Galerien zu einem großen Garten, der bis zum Abhang reicht. Grün, so weit man blicken kann, dazwischen kleine, winzige Farbtupfer, Blumen mitten im wilden Grün. In der Gartenmitte hohe, schattenspendende Bäume, dahinter, zum Abhang hin, meterhohes Gras, hell von der Sonne beschienen. Unter dem Blätterdach der Bäume ein langer Tisch, Bänke – Mittelpunkt und Treffpunkt für alle Bewohner und Gäste des Pfarrhauses. Der Weg vom Hauseingang gesäumt mit Blumen, Rosen, grün umrankt, Mohn.

Das Kind läuft den Weg entlang, auf die Wiese, unter die hohen Bäume – hier im grünen Schatten sitzen sie, die Erwachsenen, die Sicherheit bieten, Zu-Hause-Fühlen, aber auch Fremdes, Unerklärliches. Das Kind läuft an ihnen vorbei, in die große Wiese. Hier ist alles vertraut. Im hohen Gras sinkt es ein, der Untergrund ist weich, die Halme umschließen das Kind, gerade dass es über die Spitzen der blühenden Gräser blicken kann zum Abhang hin, weit, weit über das Land. Schmetterlinge fliegen lautlos, Insekten schwirren um das Kind

– alles ist hier Sich-Wohlfühlen, ist Heimat – bin ich von hier gekommen?

Ein kleiner Hund raschelt, bellt schließlich, kommt in großen Sprüngen durch die hohen Halme auf das Kind zu – habe keine Zeit, Entschuldigung, muss weiter, unser Paradies bewachen – Bewachen? Wovor? Das Kind stapft weiter durch die Wiese, ein hoher Bretterzaun nimmt ihm allmählich die Sicht auf die Weite der Welt. Hier ist der Garten zu Ende, hier wird abgegrenzt – wovon? Ist die Welt nicht überall gleich? Überall Geborgenheit in hohem Gras, weiches Erdreich, wärmende Sonne, sanfter Wind, der das Kind streichelt. Es blickt zurück und erschrickt: eine Spur führt durch das Gras, zerstört und niedergedrückt sind Halme und Blumen – das hat es selbst gemacht, wie konnte es nur diese Schönheit zerstören! Aber wie soll es sich sonst bewegen, wie soll es voran kommen? Es kann doch nicht immer nur still stehen! Ja, wenn es fliegen könnte wie die Schmetterlinge – da, ein Zitronenfalter, ganz gelb leuchtet er in der Sonne; das Kind folgt ihm, er fliegt am Zaun entlang, setzt sich obenauf, wie schön er ist! Die Sonne spiegelt sich in seinen Flügeln, ob sie ihn geboren hat? Jetzt fliegt er auf die andere Seite des Zaunes. Ich muss zurück, denkt das Kind. Nur wohin? Vielleicht suche ich den Hund – aber er ist langweilig, meist liegt er am Hauseingang und schaut unentwegt auf das große Eingangstor des Gartens.

Am Zaun entlang, durch große Grashalme; plötzlich ist das Gras abgemäht, kurz und dunkelgrün, dunkelgrün zieht sich ein gemähtes Stück Wiese hin bis in die Mitte des Gartens; unter den Bäumen, an der dunkelsten Stelle, sitzen die Erwachsenen, Sicherheit ausstrahlend. Sie sind einfach da, sie müssen da sein, der Garten wäre undenkbar ohne sie – und doch fühlt das Kind wieder dieses Fremde, wenn es versucht, ihnen näher zu kommen. Sie leben in einer anderen Welt, die dem Kind unheimlich erscheint, die es nicht kennt und nicht kennen will. Wo ist diese Welt? Hinter dem großen Bretterzaun? Weit weg soll sie sein, ganz weit weg…

Das Kind geht auf das Haus zu, streichelt den ruhig daliegenden Hund. Die Arkaden, Torbögen, dort ist mein Haus, hier wohne ich, kein Erwachsener kann hier hineinkommen, es ist zu eng! Hier baue ich mir mein Zuhause! Hier ist es sogar trocken, wenn im großen Garten der Regen niedergeht. Das Kind hört ihn rauschen, lauscht seiner Musik, die lauter und leiser wird. Als es stärker regnet, wird das Kind herein gerufen in das große Haus der Erwachsenen. Kalt ist es hier, und dunkel. Aber es gibt noch die Galerie, hier darf man sitzen, den Regen beobachten, das Gewitter jenseits des Gartens. Von hier oben ist der Zaun klein, dahinter öffnet sich die weite Landschaft – vertraut wie der Garten, nichts ist daran fremd. Das Kind atmet Frische ein, Frische des Regens, der nassen Gräser und Blumen, so riecht der Sommer, so muss er riechen! Es lauscht dem Rauschen des Regens, dem Tropfen aus den Dachrinnen, dem Donnergrollen ganz in der Ferne. Es sieht mit nachlassendem Unwetter Berge am Horizont auftauchen, hohe, wilde Berge, ganz weit hinten – ob es je einmal so weit fahren wird? Später vielleicht wird es nachsehen, wie die Berge aus der Nähe sind, später, wenn es erwachsen ist.

Wo ist es, dieses Unerklärliche, Fremde, wo ist es, das das Kind neugierig und ängstlich zugleich macht? Es muss außerhalb des großen Gartens sein.

Am nächsten Tag spielt das Kind am Haus, Pflückt die Früchte des verblühten Mohns – schön rund sind sie, man kann wunderbar Ballspielen mit ihnen. Aber die Erwachsenen warnen, spiel nicht damit, Kind, es birgt Gefahr! Schon manch einer ist an den Früchten des Mohns zugrunde gegangen. Zugrunde gegangen? Wieder ist dieses Unerklärliche, Fremde da, was ist das für ein Leben, in dem Menschen zugrunde gehen können? Und warum? Sterben, ja, das müssen alle, das Kind weiß: oben auf dem Kirchhof sind sie begraben, die früher gelebt haben, aber das ist es nicht, das ist nur ein Zurückgehen dorthin, woher man gekommen ist, das ist vertraut wie der Garten, die Erde – das kann es nicht sein, was die Erwachsenen meinen, was sie umgibt, dieses Fremde.

Das Kind geht durch das große Gartentor – Vorsicht, der kleine Hund möchte mitkommen, er darf nicht! – zum Dorf. Das Schulhaus auf der linken Seite, rechts der Friedhof und die Kirche, dahinter die Dorfwiese. Viele Kinder sind dort, das Kind gesellt sich zu ihnen. Auch hier Vertrautheit, Sich-Wohlfühlen. Die Dorfkinder laufen ohne Schuhe, das Kind beneidet sie: sie fühlen die Erde, zu der ich doch auch gehöre! Das Kind übt verbissen, bis es auch ohne Schmerzen barfuß laufen kann. Hinter der Dorfwiese der Kirchenwald, dorthin läuft es mit anderen Kindern zum Himbeerpflücken. Drinnen im Wald eine Ruine – alte Mauern, mit Gestrüpp bewachsen,

Umrisse ehemaliger Räume – hier haben Menschen gewohnt, erzählen die Erwachsenen, lange, lange vor unserer Zeit. Wie lange? Denkt das Kind. Ich lebe doch schon so lange, vorher kann es doch nichts gegeben haben. Oder doch? Sicher bin ich damals auch schon dagewesen, habe hier gelebt, in diesen Mauern – hier war mein Bett, dort die Feuerstelle, auf der ich gekocht habe. Ich war erwachsen, und es war nichts Fremdes und Unerklärliches dabei. Ich habe gekocht und gegessen, Himbeeren gesammelt, gesungen – das Kind erinnert sich an ein Bild, Walter von der Vogelweide, ein Sänger, er hat hier gelebt, sagen die Erwachsenen. Er sitzt da und denkt nach, sicher über ein Lied, das ich gesungen habe. Er hat bunte Kleider an, aber er sieht traurig aus – vielleicht habe ich ein Lied gesungen, das ihn traurig macht, oder stören ihn diese verfallenen Mauern? Das macht doch nichts, ich baue sie wieder auf, ich baue auch ein Dach, hier kann man gut wohnen!

Viele Burgen gibt es in der Welt hinter dem Bretterzaun, abends sieht man sie von der Galerie. Die Erwachsenen haben dem Kind Burgen gezeigt, große, alte Burgen bei manchen sind die Mauern wieder aufgebaut, manche haben sogar ein Dach. Aber in keiner von ihnen hat es selbst gewohnt, überall sind fremde Menschen, diese Burgen sind überhaupt nicht bewohnt. Nur die eine im Kirchenwald, dort wohnt Walter von der Vogelweide, und dort hat das Kind auch gewohnt, vor langer, langer Zeit…

Wieder zurück in den großen Garten, das Kind ist hungrig. Dort der lange Tisch unter den Bäumen ist festlich gedeckt, viele Erwachsene sitzen dort, auch Kinder dazwischen, schön ist es, hier zu essen. Die Kinder sind fröhlich, die Erwachsenen bemühen sich, nicht fremd zu sein. Wenn ich erwachsen bin, denkt das Kind, gibt es nichts Fremdes, Unerklärliches. Kein Zugrundegehen am Mohn, kein traurig sein über verfallene Mauern. Ich will nicht, dass es Fremdes gibt. Und es ist auch nicht schlimm, wenn ich die Grashalme niedertrete, nach dem Regen richten sie sich wieder auf…

Das Kind läuft vom Tisch weg, in die Wiese hinein, andere Kinder folgen ihm.

Kirche und Pfarrhaus Obermühlbach 1960

Erinnerungen an Obermühlbach

Ein kleines Dorf in den österreichischen Alpen, im Bundesland Kärnten, war in den 1950er und Anfang der 1960er Jahre unser Urlaubsparadies.

In den 50er Jahren war es überhaupt noch nicht üblich, Urlaubsreisen zu veranstalten. In den Schulferien fuhr man zur Oma, vielleicht zu Verwandten aufs Land, oder in ein Erholungsheim in einem deutschen Kurort, auf einer deutschen Nordseeinsel. Urlaubsfahrten ins Ausland begannen in „normalen" deutschen Familien erst allmählich.

Es war ein ärmliches, einfaches Dorf, in dem nur Gebirgsbauern lebten, die mit mühsamer Arbeit über die Runden kamen. Tourismus war in diesem Dorf noch ein Fremdwort. Trotzdem wurden wir von den Dorfbewohnern angenommen und mit viel Scheu ehrfurchtsvoll betrachtet: wir waren ja Gäste des hochangesehenen Dorfpfarrers, der in den Köpfen dieser einfachen Menschen wohl gleich nach dem lieben Gott kam.

Meine Eltern hatten aus ihrer Studentenzeit einen guten Freund, den sie nach dem Krieg zufällig wieder trafen und der inzwischen als Dorfpfarrer in diesem österreichischen Gebirgsdorf eingesetzt war. Er bewohnte ein großes Pfarrhaus, in dem es viele leere Zimmer gab, und lud sie ein, dort mit ihren Kindern den Sommer zu verbringen.

Da meine Eltern beide als Lehrer sechs Wochen Sommerferien hatten, wurde das Pfarrhaus in Österreich unser Sommerfrische-Ort. Dort erlebten wir wunderschöne Ferien, als kleine Kinder spielten wir mit den Dorfkindern, hatten aber auch musikalische Übungsstunden und lasen zusammen mit den Eltern viel gute Literatur. Auch wurde manchmal für die Schule gelernt, wenn es nötig war.

Hin und wieder machten wir Ausflüge in die wunderschöne Umgebung, auch als wir Kinder noch klein waren – die Kärntner Seen waren vom hoch auf den Bergen gelegenen Pfarrgarten aus gut zu sehen, und wenn wir auch nie schwimmen gingen, gab es doch so Einiges zu Besichtigen.

Manchmal reisten auch andere Besucher an – das Pfarrhaus war ja groß genug für viele Gäste! Aber das ganz normale Leben der Dorfbewohner nahm mich schon gefangen. Es war doch so ganz anders als unser Leben in einer norddeutschen Stadt.

Umsteigen am Bahnhof Bischofshofen

Kapitel 1

<u>Bahnfahrt nach Österreich</u>

Die Fahrt von Norddeutschland in unser österreichisches Ferienparadies fand natürlich mit der Eisenbahn statt – meine Eltern besaßen weder Auto noch Führerschein. Und so war allein die Fahrt schon ein großes Abenteuer für uns Kinder, denn ohne mehrmaliges Umsteigen ging es nicht. Die längste Strecke bis Salzburg wurde in Schnellzügen zurückgelegt, wo meine Eltern natürlich vorher Sitzplätze für uns fünf Familienmitglieder reserviert hatten und nur selten jemand Fremdes in unser 6er-Abteil dazu stieg. So fühlten wir uns im Zug schon ganz zu Hause und genossen mit allerlei Spielen die lange Fahrt.

In Salzburg hieß es dann aber umsteigen, und es ging in langsamerem Tempo weiter, oft ohne Reservierung zwischen vielen anderen Fahrgästen. Da teilte sich unsere Familie, meine Mutter nahm meine große Schwester Ursel und das kleine Kläuschen unter ihre Fittiche, während ich mit meinem Vater und den Koffern Platz suchte. Das Angenehme der Bahnfahrt war damit vorbei, aber wir wurden entschädigt beim Blick aus dem Fenster: Unsere Eltern zeigten uns mit Begeisterung hohe Berge, tiefe Schluchten, wilde Bäche, an denen wir vorbei fuhren. Und so kamen wir nach langer, ganztägiger Fahrt in einem kleinen Städtchen in Kärnten an, das in der Nähe unseres Gebirgsdorfes lag. Von da holte uns der „Herr Pfarrer", wie er von uns Kindern genannt wurde – ich denke, die Bezeichnung hatten wir irgendwann von den Dorfkindern übernommen, da meine Eltern ihn sicher mit dem Vornamen ansprachen – mit dem Auto ab. Schon das war für uns Kinder eine Sensation! Wie wir alle mitsamt Gepäck in das Auto passten, weiß ich nicht mehr. Ich erinnere mich nur noch an eine steile Straße bergauf, die sehr schmal war und nicht geteert, „Makadam" nannte der Pfarrer diesen Straßenbelag, und dass an jeder Kurve laut gehupt wurde. „Bergauf hat immer Vorfahrt", erklärte uns unser Fahrer, „und wenn ich hupe, weiß ein Fahrzeug, das entgegenkommt, dass es stehen bleiben und so weit wie möglich ausweichen muss." Erst viele Jahre später, als wir selbst stolze Autobesitzer waren und diese Straße hoch fuhren, habe ich den Sinn und das Schwierige dieser Fahrweise verstanden.

An eine dieser Bahnfahrten habe ich noch eine ganz besondere Erinnerung:

Es muss 1959 gewesen sein, als in Deutschland ein besonders warmer Sommer mit wenig Regen war. Viele sprachen von großer Dürre und vielen Ernteverlusten. Gleichzeitig kam anscheinend der gesamte Regen Europas in Österreich herunter. Dort waren viele Flüsse über die Ufer getreten und hatten Täler überschwemmt, man erzählte im ganzen Alpenraum von sintflutartigen Regenfällen.

Wie immer mussten wir in Salzburg in einen Bummelzug umsteigen, der uns durch das Salzach-Tal weiter bis Kärnten bringen sollte. Aber irgendwann konnte der Zug nicht weiterfahren. Man erklärte uns Kindern, die Schienen seien überschwemmt, kein Zug käme durch das Gebirge nach Kärnten. Wir müssten auf einen Bus warten, der uns über den Berg bringen würde, bis zu einem Bahnhof, der schon fast in Kärnten liegt. Aber da es spät abends war, könnte der Bus erst am nächsten Tag fahren.

Meinen Eltern blieb nichts anderes übrig, als für uns zwei Zimmer in einem Hotel zu mieten – das wurde meine erste Hotelübernachtung. Ich bekam zusammen mit meiner Schwester Ursel ein Doppelzimmer, mein Bruder Klaus schlief bei meinen Eltern, die ein weiteres Doppelzimmer bezogen, im „Gräbele", wie die Ritze in der Mitte der beiden Betten genannt wurde. Ich erinnere mich noch, in dem großen Bett unter einem riesigen Federbett zu versinken, so tief, dass ich Ursel im benachbarten Bett kaum noch sehen konnte. Bei aller Freude, in einem richtigen Hotel zu übernachten, war das doch ein bisschen unheimlich. Meine 14-jährige Schwester empfand diesen Zwangsaufenthalt allerdings nicht so interessant wie ich, sie war einfach nur traurig, dass wir noch nicht in unserem Urlaubs-Paradies angekommen waren und einen ganzen wunderschönen Tag dort versäumten.

Unterwegs ins Urlaubsparadies

Kapitel 2

Barfußlaufen

Den ganzen Sommer über liefen die Dorfkinder ohne Schuhe. Zuerst dachte ich mir, das wäre so eine Art Mutprobe, die unbedingt alle Kinder bestehen mussten. Erst später verstand ich, dass die Dorfbewohner es für eine überflüssige Ausgabe hielten, auch im Sommer für die Kinder Schuhe zu kaufen. Und viele Familien hatten auch kaum das Geld dafür. Ich aber setzte meinen ganzen Ehrgeiz darein, auch barfuß zu laufen – sei es, dass ich einfach genauso sein wollte wie alle Kinder, sei es, dass ich diese „Mutprobe" unbedingt bestehen wollte – tapfer zog ich beim Spielen mit den Dorfkindern meine Schuhe aus oder ließ sie am liebsten gleich zu Hause.

Das Pfarrhaus, die Kirche und das Schulhaus lagen auf einer Anhöhe direkt am Tal, das tief hinunter bis zum Fluss Drau ging. Das Dorf selbst lag zur Bergseite hin und etwas tiefer, zwischen Bergwiesen und Wäldern. Außer dem Pfarrer und seiner Haushälterin wohnte in diesem Teil nur noch im Schulhaus der Schuldirektor mit seiner Familie – meine Eltern schmunzelten immer über den Titel „Direktor", war er doch der einzige Lehrer an dieser Schule – und in einem Seitenflügel des Pfarrhauses die alte Küsterin mit ihrer Tochter, deren Mann und zwei Kindern, zwei Mädchen, die genau im selben Alter waren wie meine Schwester und ich. Der Schuldirektor hatte zwei Söhne, von denen einer in meinem Alter und der andere nur wenig älter als mein kleiner Bruder war.

Das waren unsere täglichen Spielkameraden, vor allem Vroni und Kathi, die Enkelinnen der Küsterin, waren fast täglich mit uns zusammen. Die Kinder des Dorfes kamen nur gelegentlich und nicht jeden Tag dazu. Auch das verstand ich nicht sofort: sie mussten ihren Eltern auf den Feldern helfen. Oft kamen sie aber gegen Abend, wenn die Arbeit für sie wohl getan war.

Vor dem Schulhaus gab es eine große Wiese, dorthin kamen die Dorfkinder, wenn sie zusammen spielen wollten. Und dort lernte ich dann viele Spiele kennen, die man ganz ohne Hilfsmittel wie Bälle und dergleichen spielen konnte. Heute mag es für viele unwirklich klingen, aber wir spielten wirklich alte Kreisspiele, zu denen gesungen wurde – den Inhalt dieser Lieder habe ich allerdings nie verstanden, der Kärntner Dialekt war doch sehr stark und auch ohne Gesang für mich nur schwer zu verstehen.

Auf dieser Wiese waren dann immer meine ersten Versuche, barfuß zu laufen. Nach einigen Tagen gewöhnte ich mich daran und konnte es auch schon auf dem steinigen Weg vom Pfarrhaus bis zur Wiese versuchen. Irgendwann war dann wohl genügend Hornhaut unter meinen Füßen vorhanden, ich erinnere mich noch gut, dass ich mit Erich, dem älteren Sohn des Schuldirektors, auf dem steinigen Weg ohne Schuhe Federball spielte.

Später, als ich den wahren Grund des Barfuß-Laufens kannte, fragte ich Erich, warum er und sein Bruder ohne Schuhe liefen. Er erklärte mir, dass sie wohl Schuhe besäßen, die sie ja auch unbedingt brauchten, weil ihr Vater doch auch mal mit ihnen nach unten ins Tal und in die kleine Stadt fuhr. Aber der Vater hatte ihnen gesagt, sie sollten den anderen Kindern gegenüber nicht mit ihrem Wohlstand protzen, zumal ja auch die beiden Mädchen der Küsterin keine Schuhe besaßen. Das verstand ich sofort, und es war ein weiterer Grund, warum ich in jedem Jahr die Schuhe auszog und tapfer die ersten Tage ertrug, bis ich genug Hornhaut unter den Füßen hatte.

Ursel hatte keine Lust, dieses Barfußlaufen mitzumachen. Zum einen waren ihr die ersten Tage sehr schmerzhaft, zum anderen hatte sie aber auch eine sehr schlechte Erfahrung damit gemacht: Gleich bei ihren ersten Versuchen war sie wohl auf eine Biene oder Wespe getreten, die dann sofort zustach. Ihr Fuß schwoll mächtig an, und in der Nacht danach bekam sie sogar Fieber, und meine Eltern wollten am nächsten Morgen schon mit ihr in die Stadt im Tal zum Arzt fahren. Die Haushälterin des Pfarrers versuchte es aber erst mit Hausmitteln, die dann auch halfen, so dass die Fahrt zum Arzt nicht nötig war. (Später stellte sich heraus, dass Ursel allergisch auf Bienenstiche reagierte – damals wusste man von Allergien noch nicht viel). Jedenfalls hatte sie dadurch wohl genug vom Barfußlaufen, und die Solidarität mit den Dorfkindern interessierte sie wenig.

Die medizinischen Mittel der Haushälterin waren auch etwas, das mich sehr faszinierte. In unserer norddeutschen Großstadt kannte ich es nicht anders, als dass man den Hausarzt rief, wenn jemand krank wurde – schon mehrmals hatten wir Kinder seine Besuche erlebt und als sehr angenehm empfunden, hatte man doch das Gefühl, schon bei seinem Eintreffen wieder gesund zu werden. Hier in dem österreichischen Gebirgsdorf war das ja nicht so einfach möglich, der Arzt der nahe gelegenen Kleinstadt besaß wohl schon ein Auto, brauchte aber etwa eine Stunde, um bis zum Dorf zu kommen. Also rief man ihn erst, wenn man wirklich keine andere Möglichkeit mehr sah. Zuerst versuchte man die Heilung mit althergebrachten Hausmitteln, die beim Arzt nicht immer sehr beliebt waren.

Manchmal kehrte der Landarzt bei dem „Herrn Pfarrer", wie der Freund unserer Eltern im Dorf genannt wurde, nach einem Krankenbesuch ein, um ein wenig zu plaudern. Meist setzten sich der Herr Doktor und der Herr Pfarrer mit „Herrn und Frau Professor", wie meine Eltern in Österreich fälschlicherweise hartnäckig genannt wurden (sie waren Lehrer am Gymnasium), an den Gartentisch unter herrlichen alten Bäumen im großen Pfarrgarten. Dabei erzählte der Arzt auch gern von lustigen Begebenheiten während seiner Besuche im Dorf: Einmal hatte er einer Bäuerin genehmigt, bei ihrem kranken Kind ein beliebtes Hausmittel anzuwenden, den Wadenwickel (der war auch uns „fortschrittlichen" Städtern noch als fibersenkendes Mittel bekannt). Die Bäuerin wollte es wohl jetzt besonders gut machen und wickelte ihrem armen Kind beide Beine fest zusammen...

Wir wurden in unseren sechs Sommerwochen zu richtigen Dorfkindern. Kaum gab es Besuch, rannten wir neugierig vom Spielen hin. Es gab ja nicht oft Fremde im Dorf!

Kapitel 3

<u>Die Kirche</u>

Das Pfarrhaus, das unser Sommerdomizil war, war **an** oder zum Teil sogar **in** den Berg gebaut. Oberhalb des Pfarrhauses lag die Kirche mit ihrem kleinen Friedhof. Von dort war der Haupteingang des Hauses, er führte direkt in eine große Diele im Obergeschoss, wo auch das Pfarrbüro und das Sprechzimmer des Pfarrers untergebracht waren. So hatte der Pfarrer bis zu seiner Kirche nur höchstens 10 Schritte zu laufen, was ihn unabhängig von jeder Art Wetter machte. Links und rechts von der Diele ging am Berg entlang eine wunderschöne Galerie, herrlich mit Arkaden geschmückt und mit einer Aussicht über die Kärntner Landschaft bis hin zu den Karawanken, dem Grenzgebirge nach Jugoslawien. Dort gab es verschiedene Zimmer, die ihre Fenster alle Richtung Galerie ausgerichtet hatten. Zwei davon bewohnten wir. Die Galerie führte noch weit über das Gartentor hinüber und endete in einem kleineren Häuschen, das die Küsterin mit ihrer Familie bewohnte. So konnten wir unsere Freundinnen Vroni und Kathi bei Gewitter oder auch nur Regenwetter auf der Galerie mit Büchern und Spielen treffen. Ein Spiel war bei allen besonders beliebt: Es hieß DKT – Das Kaufmännische Talent – und war die österreichische Variante von „Monopoli". Dort waren alle Hauptstädte der österreichischen Bundesländer abgebildet und mit ihren wichtigsten Straßen vertreten. Unser langweiliges deutsches Monopoli, bei dem nur die Straßen **einer** Stadt (nämlich Berlin) abgebildet waren, hatte danach für uns seinen Reiz verloren!

Das Erdgeschoss des Pfarrhauses erreichte man durch den großen Garten, der einen herrlichen Rundumblick ins Tal des Wörthersees bot. Dort führte der Eingang direkt in die Pfarrküche. Viele Besucher wählten lieber diesen als den Haupteingang. Hier trafen sie in der Regel zuerst auf die Haushälterin des Pfarrers, die für den Besucher meist eine Schale Milchkaffee bereit hielt. Für uns war die Zubereitung dieses Kaffees sehr befremdlich: In die kochende Milch wurde Kaffeepulver geschüttet und mitgekocht, danach in große Tassen – eben eher Schalen – gefüllt, in die der Besucher dann ein Stück trockenes Brot in Brocken einweichte. Das Ganze wurde mit einem Löffel wie ein Teller Suppe gegessen.

Regelmäßig erhielt der Postbote diesen Imbiss – oder vielmehr diese „Jause", wie es dort genannt wurde – wenn er auf seinen steilen Wegen durch die Gebirgsdörfer eine Erholungspause beim Herrn Pfarrer machte. Der Pfarrer selbst war ein lebensfroher Mensch, der für uns Kinder immer ein Lachen bereit hatte. Oft durften wir ihn in seine Kirche begleiten. Für uns in einer norddeutschen evangelischen Gemeinde aufwachsenden Kinder war alles in der kleinen katholischen Kirche interessant, die Rituale, die bunten Gewänder des Pfarrers, die verschiedenen Altäre mit den Heiligenstatuen.

Aber am interessantesten waren zwei Dinge, die wir Stadtkinder gar nicht mehr kannten: Das erste waren die

Kirchenglocken, sie wurden mit der Hand geläutet. Dreimal am Tag ging die Küsterin in den Vorraum der Kirche unter dem Kirchturm, in dem sich die Glocken befanden. Mehrere dicke Seile, am unteren Ende mit einem Knoten versehen, hingen dort direkt von den Glocken herunter. Am kleinsten der Seile durften in der Mittagsstunde auch schon mal ihre Enkelkinder ziehen, und bald wussten auch wir Stadtkinder, wie die kleine Mittagsglocke in Gang gesetzt wurde. Natürlich setzten wir uns dann rittlings auf den Knoten und flogen mit dem Seil auf und ab, bis die Küsterin die Bewegung abbremste und die Glocke wieder zum Stillstand brachte. Ein herrliches Vergnügen! Da es in der Kirche keinen elektrischen Anschluss gab, wird es wohl noch jahrelang so weitergegangen sein.

Das zweite, das uns in der Kirche faszinierte, war die Orgel. Auch sie musste ja ohne Strom auskommen. Das bedeutete, dass man die Luft, die die Pfeifen benötigten, mit einem Blasebalg erzeugen musste, der auf der Rückseite des Instrumentes angebracht war. Da unser Vater gern und gut Orgel spielte, nahm er uns Kinder (seine eigenen und auch Vroni und Kathi) als Blasebalgtreter oft mit in die Kirche. Es machte uns Spaß, auf dem Blasebalg auf und ab zu hüpfen, aber manchmal ritt uns auch der Teufel und wir ließen unsere Macht spielen – wenn wir mitten im schönsten Spiel aufhörten zu treten, gab die Orgel nur noch einen Seufzer von sich und war dann still.

Natürlich war unser Vater dann sehr ärgerlich, aber da er als Spieler auf der anderen Seite der Orgel saß, konnte er nie sehen, wer es gerade war, der seine Machtgelüste ausleben wollte, und die fremden Kinder mochte er doch nicht ausschimpfen…

Die Kirche in Obermühlbach

Kapitel 4

<u>Der Friedhof</u>

Das Pfarrhaus war so an den Berg gebaut, dass das Erdgeschoss und damit die Küche nur zur Vorderseite Fenster haben konnte, die zum Garten hin gingen. Hinter der Küche befand sich der Vorratskeller, der in den Berg hinein ging und somit immer schön kühl war. Da der Garten auch einen großen Bereich mit Obst und Gemüse hatte, wurde von der Haushälterin viel eingemacht und im Keller aufbewahrt. Der Herr Pfarrer hatte sich außerdem eine „Wein-Abteilung" dort angelegt, aus der an schönen Abenden schon mal eine Flasche geholt und von den Erwachsenen im Pfarrgarten genossen wurde.

Im oberen Stockwerk, das durch die an den Berg angebaute Galerie wesentlich mehr Platz und viele Zimmer barg, gingen alle Fenster zur Galerie und damit zur Gartenseite hin. Auf der anderen Seite begann direkt an der Mauer des Obergeschosses der Friedhof.

Auch wenn man den Friedhof nicht sehen konnte, war mir doch immer bewusst, dass er hinter der Wand unseres Schlafzimmers begann. Und in der Erinnerung verschmelzen viele Geschichten mit Träumen und Phantasien rund um die alten Gräber. So bin ich mir nicht mehr sicher, ob es eine Erzählung der Dorfkinder war, oder ob ich sie in einem meiner Bücher im Schatten der hohen Ahornbäume im Pfarrgarten nur gelesen hatte - diese Geschichte von dem Scheintoten.

Möglich wäre schon, dass es eine einheimische Erzählung war, bleiben doch solche Geschichten lange in der Überlieferung unter den Dorfbewohnern bestehen. Und es sollte ja auch schon lange, lange her sein – die Großmutter hat es schon von ihrer Großmutter, und wer weiß, ob diese es auch wiederum von ihrer Großmutter wusste – jedenfalls war im Wald beim Bäumefällen ein junger Bursche tödlich verunglückt. Alle damaligen Dorfbewohner waren bestürzt und entsetzt und konnten nicht glauben, dass solch ein lebensfroher, kräftiger und gesunder junge Mann plötzlich den Tod finden sollte. Aber es bestand kein Zweifel, und so wurde unter Anteilnahme des ganzen Dorfes der Leichnam auf dem Kirchhof beerdigt.

In der darauffolgenden Nacht konnte die Verlobte des jungen Toten aber in ihrem Kummer keinen Schlaf finden und stahl sich heimlich auf den Friedhof, um ganz ohne Zuschauer ihren Tränen am Grab des Geliebten freien Lauf zu lassen. Der Mond schien voll und hell in dieser Nacht, und es war ihr wie ein Trost, dass die Seele des Verstorbenen in solch sanfter Helligkeit fortgehen konnte. Als sie sich nun so ganz ihrem Schmerz hingab und den Kopf auf den frisch aufgeworfenen Grabhügel legte, war es ihr, als hörte sie ein leises Klopfen. Sie meinte, es käme von irgendwo her, ein Tier vielleicht, das in dieser schönen Mondnacht aktiv wurde. Aber das Klopfen wurde immer deutlicher, und als sie ihr Ohr fest auf den Hügel presste, vernahm sie plötzlich eine Stimme, die sie so gut kannte. Ihr lief ein kalter Schauer über den Rücken. Noch einmal horchte sie angestrengt, sie konnte keine Worte verstehen, aber der Klang der geliebten Stimme und das fortwährende Klopfen konnten doch nur eins bedeuten: Ihr Geliebter lebte! Und da sie ein sehr praktisch veranlagtes Mädchen war, fürchtete sie sich nicht, sondern schritt sofort zur Tat. Mit bloßen Händen grub sie in der noch ganz lockeren Erde, bis der Sarg zum Vorschein kam. Jetzt konnte sie seine Stimme noch deutlicher hören, und sie verstand: „holt mich hier denn keiner raus! aufmachen! aufmachen!" Immer dringlicher kamen die Worte, und „ja, ja, mein Geliebter, nur Geduld!" rief sie und schaufelte und grub mit all ihrer Kraft, bis sie den Sarg ganz vor sich stehen sah. Der Sargdeckel war nicht besonders schwer und auch nicht zugenagelt, da die Eltern des jungen Burschen zu den Ärmsten der Dorfgemeinde gehörten und sich nur einen armseligen Fichtenholzsarg leisten konnten, und mit einer letzten großen Kraftanstrengung schaffte es das tüchtige Mädchen, den Deckel zu öffnen.

Da lag ihr Verlobter zwar sehr bleich, aber hatte die Augen aufgeschlagen und sah sie überrascht an.

Wie die Geschichte weiterging, kann sich jeder denken – sie lebten zusammen ein langes, zufriedenes Leben, und sind viele, viele Jahrzehnte später am Ende wohl beide zusammen in einem einfachen Fichtenholzsarg auf dem Obermühlbacher Kirchhof begraben worden. Leider waren uns die Namen der beiden nicht mit überliefert worden, so dass wir – am hellichten Tag versteht sich, nachts war es uns dann doch zu unheimlich – alle alten Gräber absuchten und das schönste den beiden zuordneten.

Kapitel 5

Schwammerlsuchen

In einem Sommer, als es besonders viel geregnet hatte, fragte die Küsterin ihre Enkelinnen und uns, ob wir nicht mit ihr Schwammerln suchen wollten. Wir konnten uns zunächst gar nichts darunter vorstellen und fragten die Haushälterin des Pfarrers, was damit denn wohl gemeint sei, und sie übersetzte uns Norddeutschen: „Schwammerln, das sind Pilze!" Aber wir kannten doch gar keine Pilze, wie oft schon hatten wir gehört, dass es viele giftige Sorten gab, und dass es gefährlich war, Pilze zu suchen, wenn man sie nicht genau kannte. Als wir unsere Bedenken der Küsterin mitteilten, meinte sie: „Wir werden nur Eierschwammerln suchen, die sind ganz leicht zu erkennen. Das könnt ihr auch! Kommt`s nur mit mir, ich weiß gute Schwammerl-Stellen hier in den Bergen!" Nachdem unsere Eltern sich mit der Haushälterin beraten hatten und diese der Küsterin das Versprechen abnahm, unsere Funde genauestens zu untersuchen, durften wir mitgehen. Allerdings musste ich auch auf Anraten der alten Küsterin Schuhe anziehen, denn im Wald gab es doch viele Dornen und anderes Gestrüpp, und das war mir letztendlich auch ganz lieb.

Bevor es losging, zeigten uns Vroni und Kathi ein Schulbuch mit Abbildungen von den Pilzen, die wir suchen sollten. „Aber das sind doch Pfifferlinge!" rief meine Schwester sofort aus. „Pfifferlinge? Na ja, vielleicht heißen die bei euch so," meinte die Haushälterin, die dabeistand. „Wir nennen sie

Eierschwammerln, weil sie auf der Unterseite einen Schwamm haben, seht ihr? Es gibt nämlich auch ganz ähnliche Pilze, die haben aber nicht solch einen Schwamm drunter, sondern Lamellen. Die dürft ihr nicht nehmen!"

Auf dem Weg zum Schwammerlsuchen

Solcherart vorgebildet zogen wir also los, Vroni und Kathi, die Küsterin selbst, Ursel und ich, jeder mit einem kleinen Eimer in der Hand. Zuerst marschierten wir durch das ganze Dorf.

Nie war es mir so langgestreckt vorgekommen, es dauerte mir viel zu lange, bis wir es endlich hinter uns lassen konnten und auf einen steilen, bewaldeten Berg zugingen. Mir kam die Küsterin damals steinalt vor (wahrscheinlich war sie in Wirklichkeit eine sehr rüstige Landfrau in den Sechzigern), und ich wunderte mich, wie schnell und behände sie plötzlich anfing, mitten durch Gestrüpp und dicht stehende Bäume steil bergauf zu klettern, wir konnten ihr kaum folgen! Es dauerte nicht lange, da lichtete sich der Wald etwas, und sie drehte sich zu uns um. „Hier könnt ihr anfangen zu suchen!" meinte sie und verschwand selbst gebückt im Unterholz.

Ursel und ich standen zuerst etwas ratlos da, aber als wir sahen, dass unsere Freundinnen sofort mit der Suche begannen, versuchten wir es auch. Ich konnte mir allerdings nicht vorstellen, jemals meinen Eimer auch nur halb zu füllen, denn ich sah keinen einzigen Pilz weit und breit, so sehr ich auch meine Augen anstrengte. Doch ich wollte mich wenigstens bemühen, und so ging ich einfach der Nase nach weiter, immer mit den Augen am Waldboden. Tatsächlich, nach einer ganzen Weile sah ich den ersten Pilz. Er sah aus wie beschrieben, nun musste ich seine Unterseite begutachten – es war wirklich ein Schwamm darunter, ich hatte einen echten Pfifferling gefunden. Allerdings hatte ich ihn bei meiner Untersuchung wohl zu hart angefasst, denn plötzlich zerbröselte er in meiner Hand. O je, wenn das so weitergeht, würde mein Eimer wirklich leer bleiben! Doch dann sah ich, dass sich in der Umgebung meines Pilzes wohl eine ganze Großfamilie Pfifferling angesiedelt hatte, plötzlich entdeckte ich überall Pfifferlinge. Stück für

Stück untersuchte ich genau, alle hatten einen Schwamm an der Unterseite. Mein Sammeln ging zwar sehr langsam, weil ich jeden einzelnen Pilz genau beäugte, aber schon bald hatte ich den Boden meines Eimers bedeckt, und noch immer sah ich weitere Pilze in meiner Nähe. Nun hatte mich die Sammelleidenschaft erfasst. Da – noch ein Pilz, und noch einer! Und da hinten auch! Weiter und weiter lief ich und sammelte, mein Eimer war tatsächlich bis zur Hälfte gefüllt, als ich schließlich keine weiteren Pilze entdeckte. Jetzt schaute ich zum ersten Mal auf, begierig, meinen Fund stolz den anderen zu zeigen. Doch – wo waren die? Um mich herum hörte ich das Rauschen der Bäume, aber sehen konnte ich niemanden, so sehr ich auch nach allen Richtungen Ausschau hielt.

Jetzt wurde mir doch sehr unheimlich zumute. Wo war ich? Woher waren wir gekommen? Wir waren zwar immer bergauf gegangen, aber nicht einfach nur geradeaus, und bei meiner Suche hatte ich nur auf den Boden gesehen. Wahrscheinlich war ich hin und her gegangen, aber aus welcher Richtung waren wir gekommen? Ich lauschte angestrengt, konnte aber außer dem Klang des Windes nichts hören. Ab und zu meldete ein Vogel seine Anwesenheit. Wo waren die anderen? Was sollte ich tun, wenn ich sie nicht fand? Vielleicht wäre es das Beste, einfach bergab zu gehen.

Unten im Tal musste ja unser Dorf sein. Aber wenn die anderen auf mich warteten? Hatte die Küsterin nicht gesagt, wir treffen uns ober auf dem Berg in einer Almhütte zu einer Jause? (Dass damit in Kärnten ein Imbiss gemeint war, wusste ich schon). Also sollte ich doch vielleicht bergauf gehen? Aber wo war meine Schwester? Wenn es ihr nun genauso ergangen ist wie mir, wäre es nicht besser, sie zu suchen?

Während mir das alles durch den Kopf ging und ich dabei immer ängstlicher wurde, kam ich endlich auf die beste Idee: ich rief laut nach Ursel, so laut wie ich nur konnte. Und da hörte ich plötzlich nicht weit von mir entfernt ein Rascheln, zuerst steckte meine Schwester ihren Kopf aus dem Unterholz, und dann kamen auch alle anderen zum Vorschein – sie waren ganz in meiner Nähe gewesen, ich hatte sie nur nicht sehen können in dem Dickicht des Waldes! Ich glaube, man konnte hören, wie mir ein Stein vom Herzen fiel, so erleichtert und froh war ich! Jetzt war es mir fast peinlich, dass ich so laut gerufen hatte. Sollten sie etwa gemerkt haben, wie ängstlich mir zumute gewesen war? Um das zu vertuschen tat ich so, als hätte ich nur aus Stolz über meinen Fund gerufen.

Aber auch die anderen hatten inzwischen viele Eierschwammerln gesammelt, und die Küsterin meinte, wir hätten uns jetzt unsere Jause verdient. Sie führte uns noch ein Stück den Berg hinauf. Oben hörte der Wald ganz auf, und wir standen auf einer schönen Wiese. Noch ein Stück weiter bergauf stand ein kleines, ziemlich windschiefes Holzhaus. Davor gab es einen Tisch und Bänke, darauf steuerte die Küsterin zu, und wir setzten uns. Wenig später kam ein Mann aus dem Haus und sprach mit der Küsterin, es muss wohl ganz stark Kärntner Dialekt gewesen sein - ich verstand kein Wort. Aber dann brachte uns der Mann ein Getränk, das nach

Limonade schmeckte, aber doch ganz anders, als wir es kannten. Ursel konnte mit Hilfe einer „Übersetzung" von Vroni, der älteren Küstersenkelin, herausbekommen, dass diese Limonade von Holunder gemacht war. So etwas hatte ich wirklich noch nie getrunken und fand es gar nicht schlecht. Später bekamen wir Holunder-Limonade auch einmal in einem Restaurant, in das unsere Eltern uns mitnahmen, dort hieß es dann „Almdudler". Ich fand den Namen ganz passend, hatten wir es doch oben auf der Alm zum ersten Mal getrunken. Nur gedudelt haben wir dabei nicht…

Nach diesem angenehmen Imbiss stiegen wir mit unseren mehr oder weniger gefüllten Eimern – unsere Freundinnen hatten wesentlich mehr gefunden als Ursel und ich – wieder bergab. Zu Hause im Pfarrhaus angekommen, wurden unsere Funde zunächst einmal auf dem Küchentisch ausgebreitet und genauestens untersucht, danach geputzt und gewaschen. Und zum Abendessen bereitete die Haushälterin des Pfarrers ein herrliches Pilzgericht, es war so viel, dass alle davon satt wurden.

Kapitel 6

Hornissen und andere unerwünschte Insekten

Das Landleben hatte natürlich auch eine Schattenseite, die uns Städtern ebenso wenig bekannt war: Insekten konnten tatsächlich zu einer unangenehmen Plage werden.

Einmal kamen wir abends von einem längeren Spaziergang durch die schöne Umgebung müde zurück, wir Kinder liefen sofort in unser Schlafzimmer und wollten uns auf die Betten werfen – da war die Wand hinter den Betten schwarz. Schwarz, aber sie bewegte sich! Wir erschraken und blieben wie angewurzelt stehen. Was war das? Beim näheren Hinsehen sahen wir, dass unzählige Ohrwürmer sich an der Wand entlang bewegten. Und – nein, sie waren auch schon auf den Betten! Ich weiß nicht mehr, wer zuerst geschrien hat – vielleicht war ich es auch selbst. Wir rannten sofort in die Küche, wo unsere Eltern sich zu einem gemütlichen Gespräch mit der Haushälterin niedergelassen hatten, und konnten vor Aufregung kaum erzählen, was wir gesehen hatten. Wie es dann genau weiterging, weiß ich nicht mehr, ich jedenfalls war nicht zu bewegen, das Schlafzimmer wieder zu betreten. Meine Eltern, die Haushälterin und schließlich auch der Herr Pfarrer kämpften gegen die unappetitliche Invasion, wie, weiß ich nicht. Ich wagte noch nicht einmal einen Blick in das Zimmer. Erst spät abends, als ich schon vor Müdigkeit umfiel, konnten die Erwachsenen uns Kinder endlich überreden, in das Schlafzimmer zu gehen. In dem schlechten Licht (es gab nur eine schwache Deckenleuchte) sah man wirklich nichts Schwarzes mehr herumkrabbeln, aber wer sagte uns, dass nicht irgendwo doch noch Ohrwürmer verborgen waren und uns im Schlaf überfallen würden? Es gehörte viel Geduld seitens aller Erwachsenen dazu, uns zu überreden, doch unsere Betten aufzusuchen. Diese wurden demonstrativ von der Wand abgerückt, da der Herr Pfarrer glaubhaft versicherte, dass die Tiere von dort gekommen waren. Erst als unsere Betten alle in einem Pulk in der Mitte des Zimmers standen, waren wir endlich bereit, uns hinein zu legen. Tatsächlich wachten wir am nächsten Morgen ohne auch nur eine Spur von Ohrwürmern im Zimmer auf. Bis heute weiß ich nicht, welches Wundermittel wohl der Pfarrer und seine Haushälterin wussten? Vielleicht tatsächlich irgendetwas aus ihrem Kräutergarten, das die Insekten verschreckte?

Weitaus gefährlicher war allerdings in einem Sommer eine andere Insektenart: Hornissen hatten sich den schönen und zum Teil wilden Pfarrgarten ausgesucht, um dort ein Nest zu bauen. Wir bemerkten es eigentlich erst, als wir – gerade glücklich angekommen – mit Kaffee und Kuchen an dem langen Tisch im Pfarrgarten saßen. Die Haushälterin ermahnte uns, ein bisschen auf Wespen zu achten, die sich manchmal auf den Kuchen setzen würden. Aber wir sahen keine Wespen, stattdessen hörten wir ein gleichmäßig tiefes Brummen und sahen ein großes Insekt in einer geraden Fluglinie an unserem Kaffeetisch vorbeifliegen. „War das eine Wespe?" fragte mein Bruder, „die war aber groß!" „Nein", meinte der Herr Pfarrer, „das war keine Wespe, auch wenn sie ähnlich aussieht. Das war eine Hornisse." Und als er unsere erschreckten Gesichter sah, meinte er: "Hornissen sind nicht so aufdringlich wie Wespen. Ihr müsst keine Angst haben, die bauen sich hier irgendwo ein Nest, suchen dafür altes Holz, was sie vor allem am Zaun finden, aber sie greifen nie Menschen an." Meine Eltern waren nicht so ganz überzeugt, dass Hornissen so harmlos sind. „Sicher wird es stimmen, dass sie niemanden angreifen, aber wenn man sie zufällig stört und sie sich angegriffen fühlen – werden sie dann nicht zustechen?" Das konnte auch der Herr Pfarrer nicht ganz verneinen.

In der nächsten Nacht gab es dann noch ein besonderes Erlebnis. Wir hatten ein kleines „Spielzimmer", ein Zimmer im oberen Stock, das wir bei schlechtem Wetter benutzten. Und da am Abend ein Gewitter aufgezogen war, saßen wir dort mit einem Brettspiel, Mensch-ärgere-dich-nicht oder etwas Ähnlichem, als meine Schwester plötzlich aufschrie: „Eine Hornisse!" Ja, und dann sahen wir sie: dick und fett saß sie auf dem Regal. Meine Mutter schickte uns aus dem Zimmer und ließ die Hornisse nicht aus den Augen. Als Letzte ging sie selbst und machte schnell die Tür hinter sich zu. „So, da lassen wir sie jetzt, das Fenster ist noch halb offen, da wird sie wohl von selbst hinausfliegen", so hoffte meine Mutter.

Als wir am nächsten Tag vorsichtig und neugierig in das Zimmer spähten, war von der Hornisse wirklich nichts mehr zu sehen. Aber sie hatte eine große Ecke des schönen Holztisches abgeknabbert. Am nächsten Tag kam dann doch jemand aus dem Dorf, der das Hornissennest ausräucherte…

Kapitel 7

Der geheimnisvolle Schuppen oder „Flocki"

Der Pfarrer hatte einen Spielkameraden für uns, mit dem besonders Kläuschen, mein kleiner Bruder, sich anfreundete: Flocki war wohl als Wachhund für das große Grundstück des Pfarrers gedacht. Ein Dackel mit vier, wie uns schien, sehr kurzen Beinchen, strolchte er den ganzen Tag in dem etwa 3000 qm großen eingezäunten Areal, das zum Pfarrhaus gehörte, herum. Man wusste nie genau, wo er war, aber es musste nur irgendeine Bewegung am Eingangstor geben, da schoss er wie ein Pfeil hervor und machte es Besuchern schwer oder – wenn er sie nicht kannte - unmöglich, hereinzukommen.

In einer Ecke des großen Grundstückes rund um das Pfarrhaus gab es einen alten Schuppen, dem wir zunächst keinerlei Bedeutung zumaßen und ihn kaum beachteten. Der Pfarrer hatte dort manchmal sein Auto untergebracht, wenn er es eine zeitlang nicht brauchte. Doch eines Nachmittags wurde unsere Neugierde geweckt: Plötzlich hörten wir ein schreckliches Gebell, Flocki gab alles, was er konnte, knurrte und bellte abwechselnd und versuchte seine geringe Größe durch Lautstärke zu überspielen. Als wir seinem Gebell nachgingen, kamen wir zu dem Schuppen, und tatsächlich, seine Stimme kam von innen. Wie war er nur hineingekommen? Das Tor war geschlossen. Und was ging da drinnen vor? Wir gingen um den Schuppen herum und fanden eine Ritze, durch die man einen Blick ins Innere werfen konnte. Aber dort war es so dunkel, dass ich nur ganz schemenhaft große Wagenräder erkannte. Flocki sah ich nicht. Doch da kam auch schon der Pfarrer angelaufen und verschwand im Schuppen, um nach einer Weile mit einem sehr verängstigt aussehenden Mann wieder herauszukommen. Er lobte und streichelte Flocki, der daraufhin sofort aufhörte zu bellen, aber nicht von seiner Seite wich, bis er mit dem fremden Mann im Pfarrhaus verschwand.

Wir waren ziemlich erschrocken und wollten das Geheimnis dieses Mannes gern ergründen. Aber ins Pfarrhaus trauten wir uns nicht, hatte der Pfarrer doch energisch die Tür hinter sich zugemacht. Und so blieb uns nichts anderes übrig als zu warten.

Inzwischen hatte aber der Schuppen meine Neugierde geweckt. Was waren das für große Räder gewesen, die ich da gesehen hatte? Der Pfarrer hatte das Tor zum Schuppen offen gelassen, und als ich hineinschlüpfen wollte, war plötzlich Erich, der Sohn des Schuldirektors, da. Auch er war vom Gebell Flockis angelockt worden, und als ich ihm von dem Vorfall erzählte, meinte er mit Kennermiene, das war sicher der Dorfdepp, der seinen Rausch ausschlafen wollte. Ich verstand nicht ganz, was er damit meinte, wollte aber lieber später den Pfarrer selbst fragen. Deshalb erzählte ich Erich, dass ich gerade auskundschaften wollte, was die großen Räder im Schuppen für eine Bedeutung hatten. „Ach das", meinte er und strich wieder den großen Kenner heraus, „das ist die Totenkutsche. Komm, ich zeige sie euch!" Das klang gruselig-verlockend, und vorsichtig folgte ich ihm, Kläuschen mit etwas Abstand hinter mir. Als sich meine Augen an das Dämmerlicht im

Schuppen gewöhnt hatten, erkannte ich eine große schwarz angestrichene Kutsche mit einem Verdeck aus schwarzem Stoff. Erich dozierte weiter: „Noch bis vor kurzem wurden damit die Toten aus dem Dorf zum Friedhof gefahren, und wenn es ein reicher Bauer war, spannte man einen schwarzen Hengst davor, wenn der Tote arm war, nur irgendeinen Ackergaul. Einmal ist ein Pferd mit der Kutsche durchgegangen, und alle Dorfbewohner waren in Angst und Schrecken, weil sie meinten, der Tote beschwere sich bei ihnen, dass sie ihm keinen schwarzen Hengst besorgt hatten, obwohl das Geld dazu da war."

Ich war mir nicht sicher, ob diese Geschichte stimmte, vielleicht gehörte sie in dieselbe Kategorie wie die Friedhofsgeschichte – vor langer Zeit passiert und immer mehr ausgeschmückt. Aber es war schaurig gruselig, so etwas im dämmrigen Schuppen direkt neben der schwarzen Kutsche zu hören… Kläuschen hatte sich allerdings davongestohlen, vielleicht war es ihm zu unheimlich, vielleicht mochte er auch einfach das hochtrabende Gerede Erichs nicht, von dem ich ja auch nicht sicher war, ob es stimmte.

Am Abend bestätigte der Pastor dann zumindest den einen Teil seiner Reden. Es war tatsächlich ein geistig zurückgebliebener Mann aus dem Dorf gewesen, der irgendwie an Alkohol gekommen war und im Schuppen seinen Rausch ausschlafen wollte.

Nach diesem Vorfall fielen mir noch viele Gespenstergeschichten mit der schwarzen Kutsche ein, die ich nach einigem Überlegen dann aber doch nicht meinem kleinen Bruder als Gute-Nacht-Geschichte präsentierte. Das wollte ich mir für später aufheben, wenn er älter wäre. Und da habe ich es dann natürlich vergessen.

Ein Gutes hatte die ganze Geschichte mit dem Schuppen aber noch: Meine Eltern meinten, einen besseren Beschützer als Flocki könnte man sich gar nicht vorstellen. Und so durften wir auch mit ihm allein Spaziergänge in die weitere Umgebung unternehmen, was sich allerdings als sehr schwierig erwies: Wir waren angewiesen worden, ihn an der Leine zu halten. Als Hund, der aber große Freiheit gewohnt war, gefiel ihm das gar nicht, und er zog uns so kraftvoll und keuchend durch die Gegend, dass selbst Ursel ihn kaum halten konnte und wir Angst hatten, er würde sich erwürgen, was er zum Glück dann doch nie tat.

Der Pfarrgarten mit Blick in die Umgebung 1960

Kapitel 8

<u>Walther von der Vogelweide</u>

Hinter der großen Dorfwiese, auf der die Kinder abends zum Spielen zusammen kamen, begann auf der rechten Seite der „Kirchenwald", der sich bis hoch oben auf den Bergen hinzog: Nach alter Tradition besaß die Kirche neben dem Pfarrhaus mit dem riesigen Garten auch ein ziemlich großes Stück Wald. Dort gingen wir manchmal mit unseren Eltern spazieren. Nun war es für uns nicht so interessant, einfach so durch den Wald zu spazieren, noch dazu ging es bergauf, und man konnte nicht neben den Wegen durch den Wald laufen – das Dickicht war undurchdringlich, und man konnte auch nicht genau sehen, wo der Wald plötzlich steil abfiel. Also mussten wir brav neben den Eltern auf dem Weg trotten, was uns (vielleicht auch besonders mir) überhaupt nicht gefiel. Aber es gab zwei Attraktionen, die diese Spaziergänge doch noch lohnenswert machten.

Zum ersten waren es die Himbeeren. Es gab einige Stellen, wo der Wald sich lichtete und unendlich viele wilde Himbeeren wuchsen. Ich erinnere mich zumindest an ein Jahr, in dem man direkt am Weg schon einen ganzen Eimer voll pflücken konnte, was wir dann auch gern taten. Dagegen musste man sich in einem anderen Jahr erst in das Gestrüpp hineinwagen, um genug zu finden. In jenem Jahr war meine Ferienlektüre das Buch „Onkel Toms Hütte" gewesen, in dem die unmenschlichen Arbeitsbedingungen und Behandlungen von

Sklaven in Nordamerika sehr anschaulich für Kinder beschrieben wurden. Da das Himbeerpflücken in jenem Jahr sehr mühsam war, man sich ständig an den Dornen kratzte, immer auf Wespen aufpassen musste, die in den Himbeerbüschen herumflogen und dazu die Sonne sehr heiß vom Himmel schien, stellte ich mir vor, dass es so wohl den Sklaven in Amerika ergangen sein musste, und bald war ich selbst ein Sklave, den meine Eltern zum Himbeerpflücken gezwungen hatten.

Am Abend fand ich aber schnell in die Realität zurück, denn die Himbeeren wurden fast ausschließlich von uns kindlichen Pflückern selbst gegessen, was den Sklaven sicher nicht gegönnt gewesen wäre.

Die zweite Attraktion regte meine Fantasie aber noch mehr an. Wir kamen an einer alten Ruine vorbei, und als meine Eltern sahen, dass sie schon fast vollständig von Moos und anderen Pflanzen überwuchert war und somit nichts mehr einstürzen konnte, durften wir Kinder sie uns näher ansehen. Mein Vater erzählte uns, dass im Mittelalter dort Walther von der Vogelweide eine Zeitlang gelebt hat und wohl viele seiner Lieder in dieser Burg gedichtet, komponiert und gesungen hat.

Ich kannte den Sänger des Mittelalters nur von einem einzigen Bild, auf dem er mit einer Harfe saß und träumerisch aus den Augen sah, vielleicht auch gerade sang. Mein Vater erzählte uns, dass er von einer Burg zur anderen zog und den schönen Burgfräuleins seine Lieder vorsang. Natürlich waren das auch oft Liebeslieder. Und so war ich sofort ein Burgfräulein in dieser Ruine, ich maß die verschiedenen Zimmer ab, soweit man unter den verschiedenen Erdhügeln alte Mauern vermuten konnte. Bald hatte ich „meine" Kemenate gefunden, möblierte sie im Geist so, wie ich es in alten Burgen gesehen hatte, setzte an eine Ecke einen Turm mit einem Erkerfenster und fühlte mich wunderbar in der Vorstellung, am Fenster zu lehnen und nach unten zu sehen, wo Walther von der Vogelweide mir in unzähligen Liedern seine unsterbliche Liebe beweisen wollte. Allerdings war ich wohl noch zu jung, um ihn in meiner Fantasie auch hineinzulassen…

Später habe ich meine Eltern nach den Liedern gefragt, und sie kannten eins aus dem Gedächtnis: „Ich bin din, Du bist min, des sollt du gewisse sin!"

Dieser Text passte genau zu meinen Fantasien, nur gab es in der Realität leider keinen romantischen Minnesänger, sondern nur einen recht derben und ziemlich ungehobelten Schuldirektorsohn, der mit mir jeden Tag unbedingt Federball spielen wollte. In meinen Träumen aber wurde Walther von der Vogelweide zum schönsten Jüngling, der sich in Liebe zu mir verzehrte und die wundervollsten Lieder für mich erfand. Als mir in viel späteren Jahren das Buch „Des Knaben Wunderhorn" mit vielen alten Liedern in die Hände kam, musste ich immer an die alte Ruine im Wald von Obermühlbach denken. Ob sie wohl noch zu sehen ist? Oder ist sie inzwischen ganz vom Wald und seinen Pflanzen überwuchert und vereinnahmt worden?

Burgruine „Walther von der Vogelweide

Kapitel 9

Der Widerspenstigen Zähmung oder ein Ausflug nach Hochosterwitz

Vom Pfarrgarten aus, der oben am Anfang des Obermühlbacher Berges lag, hatte man einen weiten Blick ins Tal. Bei gutem Wetter sah man ganz deutlich die Karawanken, das Grenzgebirge zu Slowenien, und ich erinnere mich sogar an ein Alpenglühen, das wir dort einmal zu Gesicht bekamen. Dabei waren die Gipfel der Karawanken in wunderschön leuchtendes Rot getaucht,

Wenn die Luft klar war, konnte man auch ganz deutlich die berühmte Burg Hochosterwitz sehen, unverkennbar mit ihrem spiralförmigen Aufgang, der sich mit mehreren Toren bis oben hin schlängelte. Eines Tages machten unsere Eltern mit uns drei Kindern einen Ausflug dorthin, damit wir die Burg nicht nur von Weitem kannten. Zunächst fuhr der Pfarrer uns mit seinem Auto ins Tal bis zum Bahnhof der kleinen Stadt in der Nähe (die ich zusammen mit Mutter und Schwester schon oft in einstündigem Fußmarsch erreicht hatte). Dort stiegen wir in einen Bus, der uns direkt bis zur Burg brachte.

Als wir aus dem Bus ausstiegen, gab es für mich zunächst einmal eine große Enttäuschung. Ich hatte mir vorgestellt, dass diese Burg so ähnlich war wie meine Walther-von-der-Vogelweide-Ruine, nur eben viel besser erhalten und daher noch interessanter. Aber als ich die Touristenströme sah, die mit uns zum Burgeingang strebten, merkte ich, dass dies hier niemals *meine* Burg sein konnte. Ich konnte ja froh sein, wenn ich überhaupt irgendetwas zu sehen bekam und mir nicht dauernd andere Leute vor der Nase standen.

Ganz so schlimm wie erwartet war es dann doch nicht. Die Menschentraube am Kassenhäuschen löste sich im Inneren der Burg auf, und als wir den spiralförmigen Aufgang, den wir vom Pfarrgarten aus gesehen hatten, hinaufgingen, durch die vielen gut erhaltenen Tore hindurch, bei dem jedes Tor eine eigene Funktion hatte, da wurde es zumindest doch noch interessant. Was hatten sich die Menschen damals nicht alles ausgedacht, um ihre Feinde vom Eindringen in die Burg abzuhalten! In einem Tor wurde man von oben mit heißem Pech begossen, bei einem anderen kamen von oben spitze Pfähle herunter, die jeden aufspießen mussten, u.s.w. Zwar waren wir froh, dass diese Mechanismen nur noch Teil des Museums waren und nicht über uns ausgelöst wurden, aber über die vielen anderen Touristen hätten sie ruhig herunterfallen können…

Oben angekommen, konnten wir das Innere der Burg besichtigen, das wirklich gut erhalten oder jedenfalls wieder hergestellt war. Die Räume waren so möbliert worden wie in früheren Zeiten, ich aber stellte diese schönen Möbel sofort in Gedanken in die Räume von Walther von der Vogelweide, der inzwischen in seiner ruhigen Burg im Wald von Obermühlbach saß und Lieder dichtete, ohne dass ihm so viele Menschen dabei zusahen.

Auf dem Weg zur Burg Hochosterwitz

Nach der langen Besichtigung und einem gefahrlosen Abstieg zurück durch all die gefährlichen Gemeinheiten der Tore, hatten wir noch viel Zeit bis zur Rückfahrt unseres Busses. Meine Eltern gingen mit uns in ein Gasthaus in der Nähe, wo für alle ein Bier bestellt wurde, für uns Kinder natürlich Malzbier. Jedenfalls dachten das meine Eltern – als Norddeutsche waren sie gewohnt, dass dunkles Bier Malzbier und ohne Alkohol war. Aber nach einiger Zeit wurden besonders mein Bruder und ich sehr lustig. Wir alberten und tobten herum, und ich kann mich noch gut erinnern, dass wir auf die zurechtweisenden Worte unseres Vaters nicht reagierten. Wir fühlten uns so munter und vergnügt, dass uns kein strenges Wort berührte.

Im Eingang des Gasthauses hingen mehrere Plakate, die wohl die Veranstaltungen der Umgebung ankündigten. Auf einem stand ganz groß „DER WIDERSPENSTIGEN ZÄHMUNG". In unserem angeheiterten Zustand bezog ich das natürlich auf uns und dachte, nun haben es unsere Eltern wirklich schwer mit uns, und vielleicht geht es ja anderen Eltern auch genauso, so dass sie hier schon eine Veranstaltung ankündigen, bei der die Kinder gezähmt werden müssen. Zum Glück stand auf dem Plakat, dass die Veranstaltung erst in der nächsten Woche stattfand. So konnten wir mit unseren Eltern in den Bus steigen und zurück zu unserer Stadt fahren, wo uns der Pfarrer abholte. Auch er wunderte sich über unsere Albernheit, und als mein Vater so beiläufig meinte, in dem Bier wäre wohl doch Alkohol gewesen, fragte er genauer nach. Es stellte sich heraus, dass das, was meine Eltern für Malzbier gehalten hatten, in Kärnten besonders starkes Dunkelbier ist.

Wie wir schließlich gezähmt wurden, weiß ich nicht mehr. Aber in jedem Fall bekamen wir in Österreich nie wieder dunkles Bier zu trinken. Und Shakespeares „Der Widerspenstigen Zähmung" habe ich 20 Jahre später im Theater gesehen…

Kapitel 10
Fahrt mit dem Auto –
Deutschlands schöne Kleinstädte

Anfang der 1960er Jahre entschlossen sich meine Eltern, Fahrstunden zu nehmen und sich ein Auto anzuschaffen. Das war eine große Angelegenheit, damals hatte längst nicht jeder einen Führerschein. Viele jüngere Leute prahlten damit, dass sie nur 12 Fahrstunden bis zur Prüfung gebraucht hätten – meine Eltern brauchten 36. In meinen Augen waren sie auch schon uralt und eigentlich gar nicht mehr fähig, so etwas Modernes wie Autofahren zu lernen. Aber sie schafften es, und unser erstes Auto war ein Ford 20 m, der an den Kotflügeln abgerundet war. Um besser einparken zu können, montierten meine Eltern kleine weiße Stäbe an den äußeren Enden der Kotflügel. Mir war das etwas peinlich, sah es doch so aus, als beherrschten sie ihr Auto nicht gut. Seit ich selbst Auto fahre, denke ich da allerdings anders!

Nun sollte unsere Reise nach Österreich natürlich auch mit dem Auto gemacht werden. Aber zum Einen war meinen Eltern die Strecke wohl doch ein bisschen lang, um sie ganz durch zu fahren, und zum Anderen hatten sie die Idee, auf diese Weise viele schöne Ecken in Deutschland sehen zu können. Es wurde also beschlossen, dass wir in mehreren Etappen fahren und unterwegs so Einiges entdecken würden. Sie suchten verschiedene kleine alte und sehenswert erscheinende Orte aus, an denen wir Station machen wollten. Nur: wie konnte man solch eine Reise halbwegs preiswert gestalten? Ursel und ich waren inzwischen schon mehrfach mit einer Jugendgruppe unterwegs gewesen und somit im Besitz eines Jugendherbergsausweises. Also wurden nur Orte ausgesucht, in denen es eine Jugendherberge gab, und dort für die Eltern mit dem kleinen Bruder ein Hotelzimmer reserviert (ob er immer noch im Gräbele schlief, glaube ich kaum, vielleicht gab es ein Zustellbett – das war damals durchaus üblich). Meine Schwester und ich konnten als sogenannte „Einzelwanderer" in jeder Jugendherberge ohne Voranmeldung unterkommen. Somit war das Übernachtungsproblem gelöst, was aber mit dem Essen? Nach deutscher Gepflogenheit musste mittags eine warme Mahlzeit gegessen werden, und das ging im Restaurant bei 5 Personen ganz schön ins Geld. Also wurde ein Camping-Gaskocher angeschafft, ein Campingtisch und mehrere Konserven ins Auto gepackt. Der Plan war, irgendwo unterwegs ein schönes Plätzchen zu finden, wo man picknicken, den Gaskocher in Gang setzen und gemütlich Mittagessen konnte. Los ging es, das Auto war vollgepackt, wir drei Kinder drückten uns zwischen Taschen auf die Rückbank, die Eltern saßen vorn und wechselten sich beim Fahren ab.

Um möglichst viel von der Landschaft zu sehen, fuhren wir nur Nebenstraßen – mein Vater war leidenschaftlicher Kartenleser und hatte sich interessante Wege überlegt. Leider hatte er nicht daran gedacht, dass solche Straßen auch besonders viele Kurven haben und dass das vielleicht nicht für Jeden das Angenehmste ist. Mein Magen machte da schon bald nicht mehr mit, und ich musste bitten, schleunigst anzuhalten. Damit wir nun trotzdem voran kamen, wurden die Plätze getauscht – ich kam auf den Beifahrersitz, meine Mutter quetschte sich mit meinen Geschwistern auf die Rückbank. Für mich bedeutete das aber auch, dass ich nun die Landkarte in der Hand hatte und dem Fahrer den Weg zeigen musste, was mir nach einigen Anfangsschwierigkeiten ganz gut gelang.

Picknick auf der Fahrt

Das nächste Problem war aber schon in Sicht, galt es doch gegen Mittag, einen geeigneten Platz für unser Picknick zu finden. Alle Familienmitglieder beteiligten sich an der Suche, aber meist hieß es, zum Fahrer gewandt: „Jetzt sind wir gerade an dem schönsten Platz vorbeigefahren!' Meine Mutter tendierte eher zu einem ausgewiesenen Waldparkplatz, während mein Vater wohl von Pfadfinderromantik träumte und irgendetwas Wildes, „naturbelassenes" suchte. Wir Kinder beteiligten uns natürlich aktiv an der Suche. Und je hungriger wir alle wurden, desto mehr kippte die anfänglich noch gute Stimmung im Auto, bis der jeweilige Fahrer irgendwann völlig entnervt an einer winzigen Lichtung im Wald oder einer kleinen Einbuchtung in einem Feld anhielt. Natürlich versank das Auto fast im weichen Wiesen- oder Waldesgrund, und natürlich gab es auch wenig Platz für den Campingtisch samt Gaskocher, und natürlich schmeckten die aufgewärmten Konserven nicht besonders – aber meist waren wir zu dem Zeitpunkt schon so hungrig, dass uns alles egal war. Einmal gesättigt, entpuppte sich die Umgebung als gar nicht so uninteressant, und ich strolchte mit Kläuschen gern durch die wilde Natur.

Meist wurde es später Nachmittag, wenn wir endlich in unserem Ziel ankamen – irgendein kleines mitteldeutsches oder dann auch süddeutsches Städtchen. Ursel und ich wurden zunächst einmal in der Jugendherberge abgesetzt, während meine Eltern mit Kläuschen ihr Hotelzimmer bezogen. Nach einer kurzen Stadtbesichtigung und einem gemeinsamen Abendessen (frisch gekauftes Brot mit Wurst und Käse), je nach Wetter im Hotelzimmer oder in einem Park eingenommen, durften Ursel und ich noch allein das Städtchen erkunden. Uns gefiel das sehr, zumal die Jugendherbergen immer erst um 22 Uhr abschlossen und wir einen schönen Abend zu zweit genießen konnten. In meiner Erinnerung hatten wir dabei immer nur schönes, warmes Wetter.

An eine ganz besondere Jugendherberge erinnere ich mich noch sehr gut: Sie befand sich in einem mittelalterlichen Turm, der zur ebenso alten Stadtmauer gehörte und durch den der Verkehr fuhr. Der Turm war so schmal, dass in jedem

Stockwerk nur ein oder zwei kleine Räume Platz hatten. Im Stockwerk über der Straße war das Frühstückszimmer, darüber in mehreren Etagen einige kleine Schlafzimmer. Ursel und ich waren die einzigen Gäste, und so bekamen wir zum Frühstück sogar selbstgebackenen Kuchen von der Herbergsmutter.

Am Ende unserer ersten Autofahrt nach Österreich gab es dann für alle, besonders aber für den Fahrer, eine unvorhergesehene Überraschung: Von Salzburg aus musste man über einen hohen Pass fahren, die Straße war nicht sehr gut befestigt, und da oben fing es doch direkt an zu schneien. Mitten im Juli! Das hatten wir nicht für möglich gehalten. Aber auf der anderen Seite, in Kärnten, war schönstes Sommerwetter, und wir konnten unser seit Jahren so geliebtes Urlaubsparadies bei herrlichem Sonnenschein erreichen.

Kapitel 11

<u>Gäste aus Wien</u>

Da das Pfarrhaus sehr groß war und viele Zimmer beherbergte, gab es oft auch andere Gäste, die der „Herr Pfarrer" eingeladen hatte. Häufig war eine Familie aus Graz da, deren Kinder aber alle jünger waren als wir, so dass sie nur gelegentlich als Spielkameraden angesehen wurden. Einmal kündigte uns der Pfarrer aber einen ganz besonderen Besuch an. Es war ein – in meinen Augen älteres - Ehepaar aus Wien, die Frau oder besser gesagt die Dame war eine Opernsängerin. An den Ehemann erinnere ich mich gar nicht, wohl aber an die Dame, die wirklich wie eine Diva auftrat. Ihre Stimme schallte auch beim Sprechen durch den ganzen Garten, und wir Kinder hatten schnell verstanden, dass sie immer im Mittelpunkt stehen wollte. Wenn sie einen von uns sah, tätschelte sie ihm den Kopf, vielleicht um zu demonstrieren, wie kinderlieb sie war. Für uns bedeutete das, dass wir ihr aus dem Wege gingen, wenn es möglich war.

Eines Tages kamen wir aber nicht so leicht davon, denn mein Vater brauchte uns zum Blasebalg-Treten an der Kirchenorgel: die Diva wollte gern mit seiner Begleitung singen. Das wurde für mich zu einem unvergesslichen Erlebnis. Singen – das bedeutete für mich: in einem Kirchenchor, oder zu Hause, in der Schule oder in der Jugendgruppe einige Lieder zum Besten geben. Aber eine stimmgewaltige Opernsängerin hatte ich noch nie erlebt. Gleich bei ihren ersten Tönen vergaß ich vor

Schreck, den Blasebalg zu treten. Der ganze Kirchenraum war erfüllt von ihrer Stimme. Wie war es möglich, dass ein Mensch so laut singen konnte? Ich sah entsetzt zu Ursel, die hinter der Orgel einen Lachkrampf verbergen musste. Die Stimme hatte sie nicht so überwältigt wie mich, hatte sie doch auch in unserer norddeutschen Stadt schon einmal eine Opernaufführung besucht. Ich verstand zuerst nicht, was sie so lustig fand, bis sie mir zuflüsterte: „Sieht sie nicht aus wie ein Papagei? Und schreien tut sie genauso wie der!" Da erst wurde mir bewusst, in welchem Aufzug die Dame in der Kirche erschienen war. Sie hatte ein sehr buntes langes Kleid mit kräftigen Farben angezogen, darüber ein grünes Cape, und einen großen grünen breitrandigen Hut aufgesetzt. Ihr Gesicht war geschminkt wie für eine Bühne - die grellroten Lippen fielen mir auf, die natürlich besonders wirkten, wenn sie den Mund zum Singen weit aufriss.

Natürlich begann auch ich leise zu kichern, aber mehr noch war ich überrascht, dass solch eine Erscheinung ein richtiger realer Mensch sein sollte. Heute würde man sagen, sie wirkte auf mich wie eine Außerirdische. Ob mir ihr Gesang gefiel, konnte ich gar nicht sagen, mit der Musik, die ich kannte, hatte das nicht viel zu tun. Später versuchte ich in einem ganz entlegenen Teil des großen Pfarrgartens, ob ich auch so singen könnte. Ich riss den Mund weit auf, aber solche gewaltigen Töne konnte ich beim besten Willen nicht fabrizieren.

Als das „ältere" Ehepaar abgereist war, hörte ich ein Gespräch meiner Eltern, die meinten, zum Opernensemble der Wiener

Staatsoper wird diese Dame wohl nicht gehören, höchstens zum Opernchor. Aus dem abfälligen Ton, in dem meine Eltern über sie sprachen, hörte ich heraus, dass sie wohl auch in ihrem Fach nicht gerade eine der Besten war – aber vielleicht eine der lautesten?

Die Wiener Staatsoper in den 1960-ger Jahren

Kapitel 12

Ein Ausflug zur Villacher Alpe

Als wir in den letzten Jahren immer mit dem Auto in unserem Urlaubsdomizil waren, gab es auch öfter Gelegenheiten, kleine Ausflüge zu unternehmen. Und da wir Kinder inzwischen nicht mehr so klein waren, wollten wir auch gern mehr von der Gegend sehen. Manchmal erzählten meine Eltern und der Pfarrer von Bergtouren, die sie früher gemeinsam gemacht hatten. Das erweckte meine Neugier. Und irgendwann fing ich an, meinen Eltern in den Ohren zu liegen: ich wollte auch einmal eine Bergtour machen.

Natürlich kam eine Klettertour nicht in Frage, obwohl wir Kinder inzwischen schon im Teenager-Alter waren – aber für uns ungeübte Norddeutsche musste ein moderater Wanderweg gefunden werden. Gab es nicht irgendwo einen Gipfel in den schönen hohen Bergen, die wir von unserem Pfarrhaus aus sehen konnten, auf den man einfach so wandern konnte? Es musste ja auch nicht mit Übernachtung in einer Berghütte sein, wie es in den Erzählungen immer vorkam. Ich wäre ja mit einem Tagesausflug schon zufrieden, nur auf einen Gipfel wollte ich halt gern.

Nach einigen Tagen hartnäckigem Fragen hatten meine Eltern tatsächlich eine Lösung gefunden. Ganz in der Nähe lag die „Villacher Alpe", immerhin ein Gipfel, wenn auch „nur" knapp über 2000 Meter hoch. Da hinauf führte ein Wanderweg, der wohl durchaus für uns zu schaffen war. Natürlich war ich mit diesem Kompromiss einverstanden, zumal der Herr Pfarrer mir erklärte, dass die Gipfel der hohen Karawanken, die wir immer so schön in der Ferne liegen sahen, bereits in Slowenien liegen, und über die Grenze in das Land, das damals zu Jugoslawien gehörte, könne man im Moment nicht gehen oder fahren. Aber zur Villacher Alpe war gerade eine neue Straße gebaut worden. Man konnte bis auf 1700 Meter Höhe fahren, dort das Auto stehen lassen und zu Fuß bis zum Gipfel wandern. Das hörte sich wunderbar an! Ich war begeistert.

Fahrt ins Tal Richtung Villach

An einem Tag mit schönem sonnigem Wetter ging es los. Wir fuhren mit dem Auto die neu gebaute Alpenstraße, und da meine Eltern inzwischen in Österreich schon verschiedene

Pässe, zum Teil unbefestigt, mit dem Auto ausprobiert hatten, kam ihnen diese neue Straße sehr komfortabel vor. Es ging in scharfen Kurven immer höher hinauf, bis zu einem Parkplatz, auf dem schon einige Autos von anderen Ausflüglern standen. Wie wir an den Kennzeichen der Autos ablesen konnten, waren sie alle aus Österreich – vielleicht weil die Straße bisher nur inoffiziell geöffnet war? Die große öffentliche Inbetriebnahme geschah erst ein Jahr später. Aber auch so gab es schon genug Touristen; von Bergeinsamkeit, wie wir sie bei unserem kleinen Dorf kannten, keine Spur.

Nun machten wir uns auf den Weg zum Gipfel. Er sollte ungefähr dreieinhalb Stunden dauern. Wir hatten einen Rucksack mit einem Picknick dabei, das wir auf dem Gipfel verzehren wollten, der Rucksack musste abwechselnd von jedem Familienmitglied mindestens einmal getragen werden. Er war ganz schön schwer, und die Aussicht, dass es bergab dann ja leichter sein würde, nützte uns beim Aufstieg nicht besonders. Der Weg war aber wirklich leicht zu gehen, breit angelegt und nicht so eng, wie wir das in „unserem" Kirchenwald kannten. Nur war es viel steiler, und ich fragte mich, ob die Berechnung von dreieinhalb Stunden Dauer wohl für bergauf oder für bergab galt, und ob ein erfahrener Bergsteiger die Zeit abgestoppt hatte oder ein ungeübter Tourist? Ein erfahrener Bergsteiger war ich in den Augen meiner Eltern allerdings wirklich nicht, eher ein widerspenstiger Teenager… Ich hatte nämlich die verrückte Idee, keine festen Schuhe anzuziehen, es war ja so warmes Wetter! Und seit Tagen lief ich in unserem Gebirgsdorf barfuß, wie alle Dorfkinder. Warum sollte ich das hier ändern? Die einzigen Schuhe, zu denen ich mich überreden ließ, waren Schaumgummi-Latschen – auch „Flip-Flops" genannt. Damit lief ich glücklich den Gebirgsweg bergauf und fühlte mich ganz einheimisch…

Allmählich waren immer weniger Menschen auf demselben Weg unterwegs, es gab zwischendurch verschiedene Aussichtspunkte, die den meisten Ausflüglern schon reichten. Nur unsere Familie musste ja unbedingt bis zum Gipfel laufen! Zum Glück waren meine Geschwister von der Idee genau so begeistert wie ich, und wir strengten uns ordentlich an – jeder wollte der Erste oben sein. Wer dann wirklich als Erster das Ziel erreichte, weiß ich nicht mehr, es war auch völlig unwichtig geworden gegenüber dem überwältigenden Ausblick, der uns auf dem Gipfel erwartete. Unser Rucksack wurde total leer gefuttert, so hungrig waren wir und so gut schmeckte es mit dem Blick in die weite Runde.

Auf dem Rückweg war unser Tempo sichtlich langsamer geworden. Mein Schuhwerk erwies sich dabei als ziemlich ungeeignet, da die Schaumgummisohlen sehr rutschig waren, und so ging ich doch noch nach Dorfkinder-Manier barfuß den Berg hinunter. Bald sahen wir den Parkplatz und unser Auto schon von oben, insgesamt waren etwa sieben Stunden vergangen – also hatte die Zeitangabe für uns Ungeübte einigermaßen gestimmt. Glücklich fuhren wir in Serpentinen bergab nach Villach und von dort zurück in unser Gebirgsdorf, wo die Haushälterin des Pfarrers uns mit einem Berg selbstgemachter Knödeln erwartete, gefüllt mit Aprikosen – oder im Kärntner Dialekt „Marillen". Das war ein Festessen zum Abschluss einer herrlichen Wanderung! Meine Füße musste ich allerdings besonders gründlich baden…

Kapitel 13

Soloreise mit Hindernissen

Im Alter von 16 Jahren nahm ich an einer Musik-Freizeit im österreichischen Burgenland teil. Meine Eltern brachten mich von Obermühlbach aus mit dem Auto dorthin, es war in einem etwas abgelegenen Ort im südlichen Teil, nicht weit der ungarischen Grenze. Die Fahrt war ziemlich mühsam, es gab keine Hauptstraßen, die von West nach Ost durch Österreich gingen, wir fuhren auf Schotterstrassen über den Simmering – die Passstraße in dieser Richtung war nicht geteert – und mussten so einige Umwege in Kauf nehmen.

Deshalb überlegten meine Eltern, ob ich zurück nicht irgendwie mit der Bahn fahren könnte. Eine erwachsene Teilnehmerin bot uns an, mich bis Graz in ihrem Auto mitzunehmen. Da könnte ich in den Zug steigen und direkt bis St.Veit an der Glan durchfahren. Das war von Obermühlbach aus die nächste Stadt mit Bahnstation, dorthin fuhren wir auch oft zum Einkaufen. Diese praktische Lösung wurde gern angenommen.

Die Rückfahrt begann sehr angenehm. Die Teilnehmerin hatte nämlich einen Cabrio, und zum ersten Mal in meinem Leben fuhr ich in einem offenen Auto und ließ mir den Wind um die Ohren sausen. Bei herrlichem Sonnenschein ein wunderbares Gefühl! Sie brachte mich zum Bahnhof in Graz, wo ich beim Aussteigen feststellte, dass ich wohl doch nicht gut voraus gedacht hatte: Ich hatte tatsächlich 5 Gepäckstücke, einen

Koffer (natürlich ohne Rollen, das gab es damals noch nicht), eine Notentasche, eine Handtasche, meine Geige, und den Notenständer uneingepackt – er passte beim besten Willen weder in den vollen Koffer noch in die ebenso volle Notentasche. Aber meine Chauffeurin beruhigte mich, ich würde mit dem ganzen Gepäck ja nur einmal in den Zug ein- und dann wieder aussteigen.

Die Fahrkarte kaufen und in den richtigen Zug steigen – das ging alles ganz leicht, und ich lehnte mich zurück in der Gewissheit, 4 Stunden später in unserer kleinen Stadt mit der Bahnstation anzukommen.

Wir fuhren in die Berge, es war eine herrliche Landschaft – mit dem Zug fuhr man direkt in die schmalen Täler, die durch Tunnel verbunden waren. Es ging sehr langsam, und ich hatte genug Zeit, die schroffen Felsen und tiefen Taleinschnitte zu bewundern. Nach etwa einer Stunde Fahrt hielt der Zug, wie es mir schien, an einer sehr kleinen Station – es waren nur wenige Häuser zu sehen, ganz verstreut zwischen den Bergen. Die Lautsprecheransage hatte ich nicht verstanden – der Dialekt in der Steiermark war für mich total unbekannt – und so wusste ich nicht, wie der Ort hieß, an dem so viele Menschen ausstiegen. Ich blieb ganz allein in meinem Wagen. Aber da kam der Schaffner auf mich zu und sagte, ich müsse auch aussteigen, der Zug könne nicht weiterfahren. Wie bitte? Ich fragte wohl dreimal, weil ich dachte, ich hätte ihn vielleicht falsch verstanden. Er antwortete in seinem besten Hochdeutsch, ganz langsam: „Der Zug kann nicht weiterfahren. Es gab hier ein großes Unwetter, die Täler stehen zum Teil unter Wasser, die Schienen sind abgerutscht. Sie müssen hier aussteigen!" Ja und nun? „Ein Bus wird Sie zur nächsten Station bringen, an der die Bahn wieder fahren kann," meinte er. Und da sah ich auch schon die vielen Menschen aus meinem Zug in einen Bus steigen. Ich hängte mir also meine Geige, die Notentasche und die Handtasche über die Schulter, nahm den Koffer in eine Hand und den Notenständer in die andere und folgte dem Schaffner, der mich bis zum Bus begleitete.

Der Bus fuhr mit uns auf unbefestigten Straßen immer höher in die Berge hinauf, er schnaufte dabei so sehr, dass ich schon Sorge hatte, er würde es nicht schaffen. Irgendwann ging es wieder eine bisschen bergab, und da war tatsächlich wieder eine Eisenbahn-Station, ebenso klein wie diejenige, an der wir ausgestiegen waren. Also nahm ich meine 5 Gepäckstücke wieder in derselben Art und stieg aus dem Bus in einen wartenden Zug. Allerdings war dies kein Schnellzug wie der, mit dem wir in Graz gestartet waren, sondern einer mit diesen alten Eisenbahnwaggons, die außen eine Plattform hatten, über die man einsteigen musste. Meine Eltern waren auf Ausflügen in die nähere Umgebung schon mehrmals mit uns mit solchen alten Wagen gefahren, und wir nannten sie immer die „Blumen-pflücken-während-der-Fahrt-verboten-Wagen", weil sie nur sehr langsam fahren durften. Die Stufen zu dieser Plattform hingen praktisch in der Luft, und da passierte es, dass mir beim Hinaufklimmen der Notenständer aus der Hand rutschte und unter den Wagen fiel. Weil ich ja meine anderen 4 Gepäckstücke festhielt, stand ich wohl ratlos da. Da erbarmte sich tatsächlich der Schaffner, krabbelte unter den Wagen und fischte meinen Notenständer heraus. Die Fahrt konnte weitergehen.

Durch den Semmering

Im Schneckentempo fuhren wir wieder durch die herrliche Landschaft, deren Anblick ich nun gar nicht mehr so genießen konnte. Wie lange die Fahrt jetzt wohl dauern wird? Bald wusste ich es – genau 30 Minuten. Dann standen wieder alle auf und strebten hinaus, die Station war so klein, dass man kaum einen Bahnsteig ausmachen konnte. Ich fragte nur: „Wieder Überschwemmungen?" Und der Schaffner nickte. Also das Ganze noch einmal – raus aus dem Zug, rein in einen Bus, die Berge hinauf geschnauft, bis wir in einem engen Tal wieder an die Bahnstrecke kamen. Wieder wartete so ein altertümlicher Eisenbahnwagen auf uns, diesmal hatte ich schon Übung mit meinem Gepäck und brachte alles heil hinein.

Meine Mitreisenden wurden immer lebhafter und unterhielten sich über das Unwetter. Ich verstand nicht alles, nur soviel, dass es wohl über mehrere Tage starke Gewitter mit heftigen Regenfällen gegeben hatte. Davon hatten wir in dem flachen Burgenland überhaupt nichts mitbekommen!

Natürlich ging die Fahrt nur etwa 20 Minuten, dann hieß es wieder umsteigen in einen knatternden Bus. So langsam wurden einige Reisende sehr ungeduldig und fragten, ob man nicht irgendwo etwas zu trinken kaufen könnte. Die Fahrt dauerte nun schon 4 Stunden, und niemand konnte uns sagen, wie lang es noch dauern würde – und ob wir überhaupt überall weiter kämen…

Man konnte aber nirgends an diesen kleinen Stationen, die unser Umsteigeplatz waren, irgendetwas Ess- oder Trinkbares kaufen, so dass die Fahrgäste anfingen, sich gegenseitig etwas anzubieten – manche hatten gut vorgesorgt, manche – so wie ich – überhaupt nicht. Ich war aber so angespannt, dass ich weder Durst noch Hunger verspürte. Doch eine ziemlich dicke Frau nötigte mich, wenigstens einen Becher von ihrer selbstgemachten Limonade zu trinken. Ich habe keine Erinnerung mehr an deren Geschmack, aber ich weiß noch, dass sie mir gut getan hat.

Insgesamt siebenmal mussten wir umsteigen. Manchmal war gar kein Bus da, und der Schaffner geriet in Panik – bis dann doch irgendein altes Vehikel kam und uns mit Mühe über den Berg brachte. Langsam wurde es dunkel, und ich überlegte, wo ich wohl die Nacht verbringen würde – vielleicht in einer Scheune hier irgendwo im Gebirge, weil es nun gar kein Weiterkommen mehr gab? Die dicke Frau teilte ihre Limonade weiter mit mir, aber ihre Butterbrote konnte ich nicht annehmen, ich war nicht in der Lage, irgendetwas zu essen.

Wie durch ein Wunder kamen wir tatsächlich irgendwann in meinem Zielort an. Meine Ankunftszeit sollte 16 Uhr sein, jetzt war es schon nach Mitternacht. Ich ging mit meinen 5 Gepäckstücken in die Bahnhofshalle und überlegte, was ich nun tun könnte. So spät kann ich meine Eltern doch nicht anrufen, sie schlafen ja sicher schon. Ich kann hier auf einer Bank schlafen, es sind ja nur noch einige Stunden, bis es hell wird. Ab 6 Uhr wäre es doch vielleicht möglich, anzurufen.

Andererseits war mir die Bahnhofhalle nicht ganz geheuer. Ein paar Betrunkene torkelten draußen herum. Wenn sie mir nun im Schlaf meine Handtasche stehlen? Dann habe ich nicht einmal mehr Geld zum Telefonieren. Vielleicht rufe ich doch noch an. Wenn meine Eltern schlafen, hören sie das Telefon ja gar nicht, es steht im Pfarrhaus in der Küche, also kann ich sie doch auch nicht stören.

Mit solchen Gedanken ging ich zum Telefonhäuschen und wählte die Nummer des Pfarramtes. Wie überrascht und auch erleichtert war ich, dass meine Eltern gleich nach dem ersten Klingeln abhoben. Natürlich hatten sie neben dem Telefon gesessen, nachdem sie um 16 Uhr am Bahnhof erfahren hatten, was auf meiner Strecke los war. Als 16-jährige kann man sich die Sorgen der Eltern anscheinend nicht vorstellen… Und selbstverständlich fuhren sie mitten in der Nacht die schmale Bergstraße hinunter zum Bahnhof, um mich mit meinen fünf Gepäckstücken abzuholen.

Jetzt erst merkte ich, wie groß mein Hunger inzwischen geworden war. Und als ich schließlich nach einer sehr späten „Jause" müde ins Bett sank, war ich doch sehr froh, dass ich die Nacht nicht auf dem Bahnhof zugebracht hatte.

Epilog – Sommer 2016

Eine steile Straße führt das Tal hinauf auf den Berg, ganz oben eine Kirche, ein kleiner Kirchhof, und eng daran gebaut das Pfarrhaus. Mit seinen dicken Mauern grenzt es den Kirchhof ab, stützt ihn. Auf der anderen Seite öffnet sich das Haus mit Fenstern, Arkaden, Galerien zu einem großen Garten, der bis zum Abhang reicht. Grün, so weit man blicken kann, dazwischen kleine, winzige Farbtupfer, Blumen mitten im wilden Grün. In der Gartenmitte hohe, schattenspendende Bäume, dahinter, zum Abhang hin, meterhohes Gras, hell von der Sonne beschienen. Unter dem Blätterdach der Bäume ein langer Tisch, Bänke – Mittelpunkt und Treffpunkt für alle Bewohner und Gäste des Pfarrhauses. Der Weg vom Hauseingang gesäumt mit Blumen, Rosen, grün umrankt, Mohn.

Hier ist es, was vor 60 Jahren das Paradies meiner Kindheit war. Die Zeit ist hier stehen geblieben. Alles scheint noch wie damals – oder doch nicht? Die steile Straße ist geteert, Tisch und Bänke erneuert, ein junger Pfarrer sitzt jetzt dort. Schon lange gibt es ihn nicht mehr, den „Herrn Pfarrer" meiner Kindheit. Das Küsterhaus steht leer, niemand wohnt dort mehr, die früheren Spielkameraden sind alle fort. Fremde Menschen sind Gäste im Pfarrhaus, Kinder spielen in dem großen Garten. Ich trete durch das große Eingangstor, auch das ist erneuert – ich vermisse das Quietschen in den Angeln des alten Tores, das mir erst jetzt bewusst wird. Kein Hund bellt und springt auf mich zu, Flocki ist sicher schon vor langer Zeit in den

Hundehimmel gegangen. Der junge Pfarrer kommt auf mich zu - hier war das Paradies meiner Kindheit, vor 60 Jahren, erkläre ich ihm - er bittet mich herein, zu den Bänken unter den großen Bäumen. Wind rauscht in dem Blätterdach, mein Blick geht weit über die Wiese bis zum Zaun, auch er nicht mehr aus alten Brettern bestehend, und doch ist alles so vertraut. Es riecht nach Blumen und frisch gemähtem Gras, wie damals.

Mir ist, als ob ich aus weiter Ferne zurückgekommen bin, zurück in das Paradies meiner Kindheit, in dem sich nur wenig verändert hat, wo die Zeit still steht.

Herstellung und Verlag:
BoD - Books on Demand, Norderstedt
ISBN 978-3-7431-8839-6